Dessin et scénario : Éric STALNER
Scénario : Pierre BOISSERIE
Couleurs : Christian FAVRELLE - Isabelle MERLET

La Croix de Cazenac

L'ange endormi

DARGAUD
PARIS • BARCELONE • BRUXELLES • LAUSANNE • LONDRES • MONTREAL • NEW YORK • STUTTGART

À Marguerite,
"mon ange endormi"
Pierre B.

Merci à Laurence Billion-Pencolé pour les traductions russes.

Octobre 1914,

Le capitaine Henri Cazenac, espion français sous le nom de Cicéron, tombe dans un piège tendu par le capitaine Mouilleau. Récemment marié à l'énigmatique Louise, il avait quitté la propriété familiale, rappelé par le colonel Valois aux premières heures du conflit, laissant derrière lui son père Victorien et son jeune frère Étienne. À la nouvelle de la mort d'Henri, Étienne décide de s'engager, emportant la croix de son frère, un pendentif revenu avec les condoléances du colonel Valois. Il se jette au combat avec toute l'énergie du désespoir et devient un "trompe-la-mort" que les balles ne semblent pas pouvoir arrêter. Un message codé trouvé dans le pendentif et une entrevue avec le colonel Valois, qui semble s'intéresser de très près à la croix des Cazenac, vont le mettre sur les traces de son frère. Au moment de démasquer Mouilleau, Louise, envoyée par Valois pour éliminer l'assassin d'Henri devenu gênant, fait irruption, provoquant la fuite du traître. Étienne et Louise le poursuivent au milieu des bombardements. Les deux hommes se retrouvant face à face, Mouilleau apprend alors à Étienne que l'élimination d'Henri lui avait été ordonnée, mais qu'il n'avait pu s'y résoudre, abandonnant l'espion blessé dans les lignes ennemies. Des coups de feu éclatent, empêchant Mouilleau de révéler toute la vérité à Étienne.

Février 1915,

L'Allemagne retourne ses divisions d'assaut contre la Russie. Mal informés des mouvements de l'ennemi, les Russes se font encercler dans la forêt d'Augustow. La tempête de neige sur les lacs Mazures empêche cette bataille de tourner au désastre et accorde un répit aux troupes du tsar.

www.dargaud.fr

Dépôt légal : août 2001 • ISBN 2-205-04942-9
Printed in France • juillet 2001 • PPO Graphic, 93500 Pantin

UN CHÂTEAU DANS LE NORD DE LA FRANCE, DEUX HEURES APRÈS LA MORT DU CAPITAINE MOUILLEAU.
PAN!
PAN!
QUEL GÂCHIS TOUT ÇA! ENFIN, C'EST LA GUERRE!...
HÉ! VISE UN PEU! C'EST LE LIEUTENANT FALCO QUI RENTRE AU BERCAIL! ON DIRAIT MÊME QU'IL Y A URGENCE!

AH ÇA ! VOUS N'ALLEZ PAS VOUS EN TIRER COMME ÇA!
HOLÀ, MA BELLE! ON SE CALME!
POUR LES RÉCLAMATIONS, FAUT VOIR AVEC LE BON DIEU, PAS AVEC SES SAINTS!
PLUTÔT SES ASSASSINS!
VOUS ME DÉGOÛTEZ!
HALTE-LÀ! MA P'TITE DAME! LES CUISINES C'EST DE L'AUTRE CÔTÉ!
LAISSEZ ! JE M'EN OCCUPE...
CHÈRE HÉCATE! VOUS N'ÊTES JAMAIS AUSSI RADIEUSE QUE DANS LA COLÈRE! J'ESPÈRE JUSTE NE PAS EN ÊTRE L'OBJET!
VALOIS! COMMENT OSEZ-VOUS ?!...
...VOUS M'UTILISEZ COMME UN PION DANS VOS SALES PETITS TRAFICS QUI N'ONT RIEN À VOIR AVEC LA GUERRE EN ENVOYANT CETTE BRUTE TUER TOUT CE QU'IL VOIT! SI JE N'AVAIS PAS ÉTÉ LÀ...

QU'ALLEZ-VOUS DONC INVENTER LÀ, LOUISE?! FALCO N'A FAIT QU'OBÉIR À MES ORDRES ET...
JUSTEMENT! IL VA FALLOIR M'EN DIRE PLUS SUR CETTE AFFAIRE...
...CAR JE NE SAIS À QUEL JEU VOUS JOUEZ!
ÉCOUTEZ, LOUISE, JE COMPRENDS VOTRE COLÈRE, MAIS ELLE VOUS EST DICTÉE PAR L'AFFECTION BIEN LÉGITIME QUE VOUS PORTEZ AU JEUNE CAZENAC.
APRÈS TOUT, IL EST COMME UN PETIT FRÈRE POUR VOUS, N'EST-CE PAS? UN CHARMANT PETIT FRÈRE D'AILLEURS, MAIS JE DIGRESSE...
...ET JE MANQUE À TOUS MES DEVOIRS!
VOUS DEVEZ ÊTRE EXTÉNUÉE! ENTREZ DONC UN MOMENT...
ÉCOUTEZ, LOUISE, L'AFFAIRE MOUILLEAU N'A RIEN À VOIR AVEC HENRI...
...MÊME S'IL EN A ÉTÉ L'INFORTUNÉE VICTIME!
NON, PAUL, JE NE MARCHE PAS!
3

IL Y A TROP DE CHOSES QUI NE COLLENT PAS! CE MESSAGE... CICÉRON...
UN MESSAGE?! QUEL MESSAGE?
JE VOUS EN PRIE, CHÈRE LOUISE, CETTE HISTOIRE, C'EST DU PASSÉ, PASSONS À AUTRE CHOSE...
TRÈS BIEN, JE VOIS QUE JE NE TIRERAI RIEN DE VOUS AUJOURD'HUI.
DÉCIDÉMENT, NOUS NE NOUS COMPRENDRONS JAMAIS...
ÉCOUTEZ, LOUISE, SI C'EST POUR LE JEUNE CAZENAC QUE VOUS VOUS INQUIÉTEZ, CE QUE JE CONÇOIS TOUT À FAIT...
JE SOUHAITE EFFECTIVEMENT POUR VOUS QU'IL N'ARRIVE RIEN À ÉTIENNE, CAR VOTRE PASSÉ POURRAIT VOUS RATTRAPER PLUS VITE QUE VOUS NE LE PENSEZ.
VOUS SAVEZ QUE JE PEUX EXERCER CERTAINES PRESSIONS POUR VOUS LE RAPPELER. ALORS, VOUS ALLEZ LE SORTIR DES LIGNES...
ET L'ENRÔLER À LA PLACE DE SON FRÈRE! NOUS AVONS BESOIN D'UN CAZENAC DANS NOTRE DISPOSITIF ET CELUI-CI A TOUTES LES QUALITÉS!
TIENS, VOUS ÊTES ENCORE LÀ, VOUS?
SUR CE, J'ATTENDS VOS ORDRES... MON COLONEL!
4

CRAAAAC!
MAUDITS SOIENT-ILS TOUS AUTANT QU'ILS SONT! ILS ME MÉPRISENT MAIS ILS N'ONT RIEN COMPRIS ET NE SONT QU'AU DÉBUT DE LEURS SURPRISES!
C'EST PAS TOUS LES JOURS FACILE AVEC LES FEMMES! HEIN, MON COLONEL?
TAIS-TOI, IMBÉCILE! QU'EST-CE QUI T'A PRIS DE VOULOIR ÉLIMINER CAZENAC DEVANT ELLE?!
MAIS?!
ASSEZ! ILS OUBLIENT TOUS UN PEU VITE CE QUE J'AI FAIT POUR EUX ET CE QU'ILS ME DOIVENT SANS JAMAIS ME L'AVOIR PAYÉ!
...LA MORT D'HENRI N'ÉTAIT QU'UN ACOMPTE! IL EST TEMPS POUR EUX DE ME RÉGLER MON DÛ EN RETOUR DES SERVICES RENDUS!
?!
REGARDE BIEN CES MAINS, FALCO! VOILÀ LE PRIX DE MA FIDÉLITÉ À CES SATANÉS CAZENAC!
26
LEUR CALVAIRE NE FAIT QUE COMMENCER! ET NE S'ARRÊTERA QUE LORSQUE JE LEUR AURAI TOUT PRIS! LEUR VIE, LEUR CROIX ET LEUR TRÉSOR!
POUR COMMENCER, JE VAIS ORGANISER UN PETIT VOYAGE POUR MA CHÈRE LOUISE ET SON ENFANT DE CHOEUR! UN JOLI PIÈGE QUI VA SE REFERMER SUR EUX!
5

UN MOIS PLUS TARD, À CAZENAC.
AH ÇA! POUR SÛR QU'Y FAIT FROID! ON A PAS IDÉE D'ENVOYER DU COURRIER PAR UN FROID PAREIL!
ADI PETIT!
BONJOUR, PÈRE ACHILLE! ÇA PINCE, AUJOURD'HUI!
POUR SÛR QU'Y VAUT MIEUX PÉDALER POUR PAS GELER! ET QU'Y FAUT UN COUP D'PRUNE POUR FAIRE ROULER TOUT ÇA!
SI NOS GOUILLASSOUS AVAIENT DES VÉLOS DANS LES TRANCHÉES, POUR SÛR QU'Y POURRAIENT AU MOINS PÉDALER POUR SE RÉCHAUFFER!
AH! TE VOILÀ, FILS!
JE TE CHERCHAIS! JE PARS FAIRE UN TOUR, J'AIMERAIS QUE TU VIENNES AVEC MOI.

6

TU N'ES PAS TRÈS BAVARD DEPUIS TON RETOUR...
...IL FAUT QUE TU OUBLIES TOUTES CES HORREURS! TU ES EN SÉCURITÉ, MAINTENANT.
OUBLIER?! COMMENT LE POURRAIS-JE? ÇA ME RÉVEILLE TOUTES LES NUITS!...
JE N'ENTENDS QUE DES HURLEMENTS, DES EXPLOSIONS, JE NE VOIS QUE DES MORTS PARTOUT!!
MAIS IL Y A AUTRE CHOSE, PÈRE... ET JE NE SAIS COMMENT VOUS EN PARLER... C'EST À PROPOS D'HENRI...
TU PENSES QU'HENRI EST TOUJOURS VIVANT, C'EST CELA? JE SAIS, J'AI EU DE SES NOUVELLES.
VOUS LE SAVIEZ?! MAIS!... POURQUOI NE M'AVEZ-VOUS RIEN DIT?!
POUR SA SÉCURITÉ ET POUR LA TIENNE!... MAIS JE NE PEUX T'EN DIRE PLUS POUR LE MOMENT. ET D'AILLEURS, JE COMPTE SUR TOI POUR TENIR TA LANGUE!
EH BIEN, J'AI AUTRE CHOSE À VOUS DIRE... C'EST MOI QUI AI LA CROIX QU'HENRI PORTAIT ET J'Y AI TROUVÉ UN MESSAGE QUI VOUS ÉTAIT SÛREMENT DESTINÉ.
QUOI?!
TOI!... TU M'AS VOLÉ LA CROIX?!... MAIS COMMENT AS-TU PU?!
7

JE SAIS QUE MA CONDUITE EST INEXCUSABLE, MAIS JE N'AI PU M'EN EMPÊCHER. LORSQUE JE L'AI VUE DANS LES AFFAIRES D'HENRI, J'AI ÉTÉ COMME ATTIRÉ PAR ELLE! ET JE...
ELLE NE T'APPARTIENT PAS! TU N'AS PAS LE DROIT DE LA PORTER!
JE SUIS AUTANT UN CAZENAC QU'HENRI! POURQUOI NE L'AVAIS-JE JAMAIS VUE ? ET D'ABORD D'OÙ VIENT-ELLE CETTE CROIX?
DE RUSSIE... COMME TOI...
SAINT-PÉTERSBOURG, C'EST CELA?
TU SAIS COMME L'HISTOIRE DE NOTRE FAMILLE EST LIÉE À CE PAYS. NE SERAIT-CE QUE POUR NOS AFFAIRES. JUSQU'À L'ANNÉE DERNIÈRE DU MOINS! MAIS LA GUERRE... ENFIN! C'EST VRAI QUE TU ES NÉ LORS DE L'UN DE NOS SÉJOURS LÀ-BAS!
ALORS C'EST PEUT-ÊTRE LÀ-BAS QUE JE DEVRAIS COMMENCER À CHERCHER HENRI!
CERTAINEMENT PAS! TU DOIS REPRENDRE TON SÉMINAIRE! LES AFFAIRES D'HENRI NE TE CONCERNENT PAS! ET JE NE TE LAISSERAI PAS QUITTER CAZENAC UNE DEUXIÈME FOIS!
JE SUIS ASSEZ GRAND POUR DÉCIDER DE CE QUI ME CONCERNE SANS AVOIR BESOIN DE VOTRE AVIS! JE QUITTERAI CAZENAC POUR CHERCHER MON FRÈRE ET...
ET AVEC QUEL ARGENT?! EN TOUT CAS, PAS LE MIEN CETTE FOIS-CI! LA DISCUSSION EST CLOSE! RENTRONS!
MAIS, PÈRE...
ET TU SERAS PRIÉ DE ME RENDRE LA CROIX!
8

?!
LOUISE?!
BONJOUR, ÉTIENNE.
9

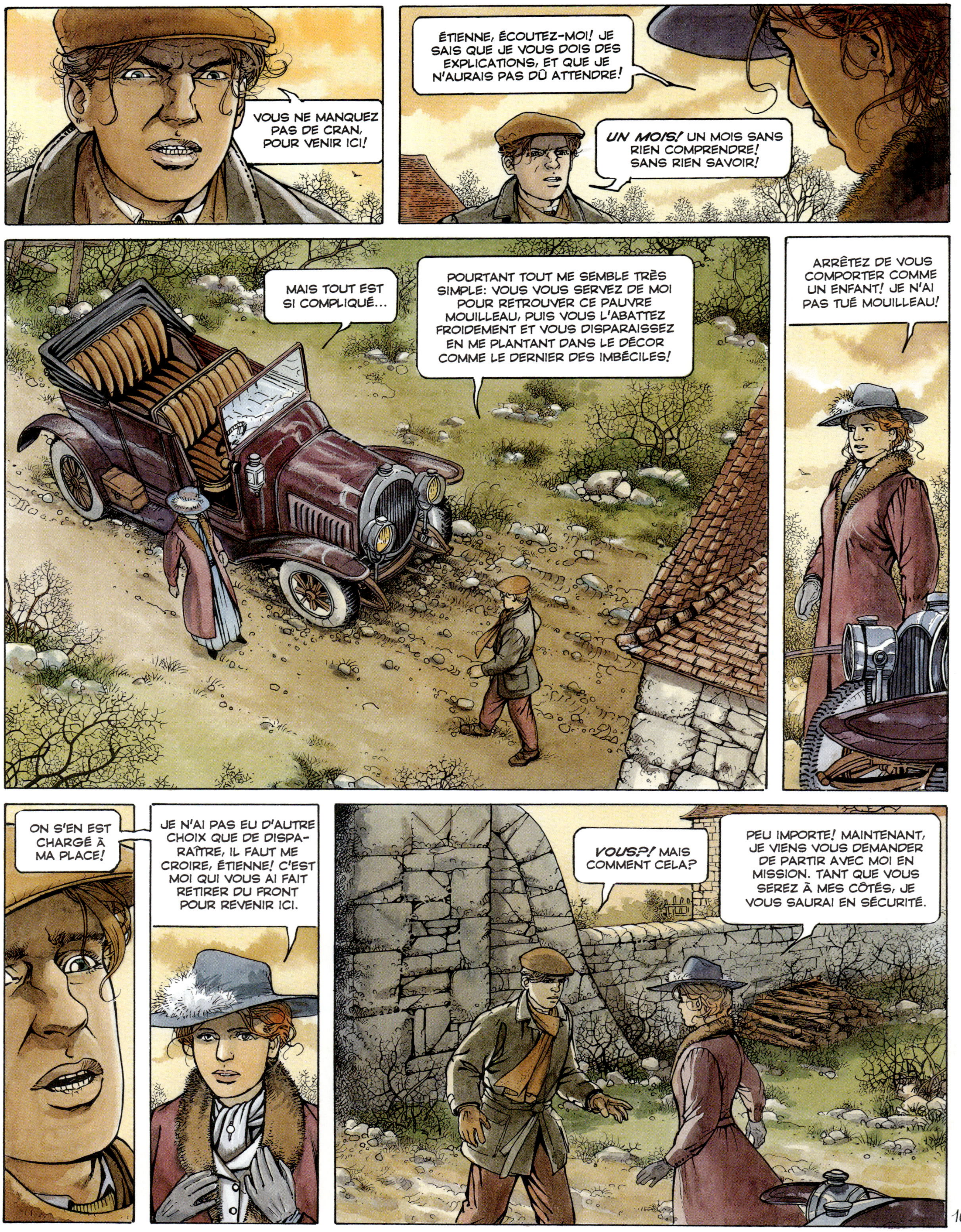

VOUS NE MANQUEZ PAS DE CRAN, POUR VENIR ICI!
ÉTIENNE, ÉCOUTEZ-MOI! JE SAIS QUE JE VOUS DOIS DES EXPLICATIONS, ET QUE JE N'AURAIS PAS DÛ ATTENDRE!
UN MOIS! UN MOIS SANS RIEN COMPRENDRE! SANS RIEN SAVOIR!
MAIS TOUT EST SI COMPLIQUÉ...
POURTANT TOUT ME SEMBLE TRÈS SIMPLE: VOUS VOUS SERVEZ DE MOI POUR RETROUVER CE PAUVRE MOUILLEAU, PUIS VOUS L'ABATTEZ FROIDEMENT ET VOUS DISPARAISSEZ EN ME PLANTANT DANS LE DÉCOR COMME LE DERNIER DES IMBÉCILES!
ARRÊTEZ DE VOUS COMPORTER COMME UN ENFANT! JE N'AI PAS TUÉ MOUILLEAU!
ON S'EN EST CHARGÉ À MA PLACE!
JE N'AI PAS EU D'AUTRE CHOIX QUE DE DISPARAÎTRE, IL FAUT ME CROIRE, ÉTIENNE! C'EST MOI QUI VOUS AI FAIT RETIRER DU FRONT POUR REVENIR ICI.
VOUS?! MAIS COMMENT CELA?
PEU IMPORTE! MAINTENANT, JE VIENS VOUS DEMANDER DE PARTIR AVEC MOI EN MISSION. TANT QUE VOUS SEREZ À MES CÔTÉS, JE VOUS SAURAI EN SÉCURITÉ.
10

UNE MISSION?! MAIS ÇA NE RIME À RIEN! JE NE SUIS PAS UN ESPION!
EH BIEN, MAINTENANT, VOUS EN ÊTES UN! J'AI L'ACCORD DE VALOIS POUR VOUS EMMENER AVEC MOI EN RUSSIE ET...
EN RUSSIE? ALORS C'EST D'ACCORD ! QUAND PARTONS-NOUS?
DÈS QUE VOUS LE POURREZ! TOUT EST PRÊT POUR NOTRE DÉPART!...
...IL NE MANQUE QUE VOUS...
LOUISE... JE...
CRAAAC!
JE VOUS L'INTERDIS!
VOUS N'AVEZ PAS LE DROIT DE ME LE PRENDRE! JE NE VOUS LAISSERAI PAS FAIRE!
VICTORIEN! JE SUIS DÉSOLÉE, MAIS SI ÉTIENNE NE VIENT PAS AVEC MOI, IL RETOURNERA SUR LE FRONT... DE GRÉ OU DE FORCE!
PÈRE! LAISSEZ-MOI PARTIR, JE DOIS Y ALLER! VOUS LE SAVEZ!
11

RRRRRRRRRRRRRRRRRRRR...
QUINZE JOURS PLUS TARD, À LA POINTE SUD DE LA SUÈDE.
LOUISE?... VOUS ÊTES SÛRE QUE VOUS POUVEZ... ENFIN QUE CES ENGINS SONT ASSEZ... JE VEUX DIRE QU'ILS VOLENT MÊME SI...
12

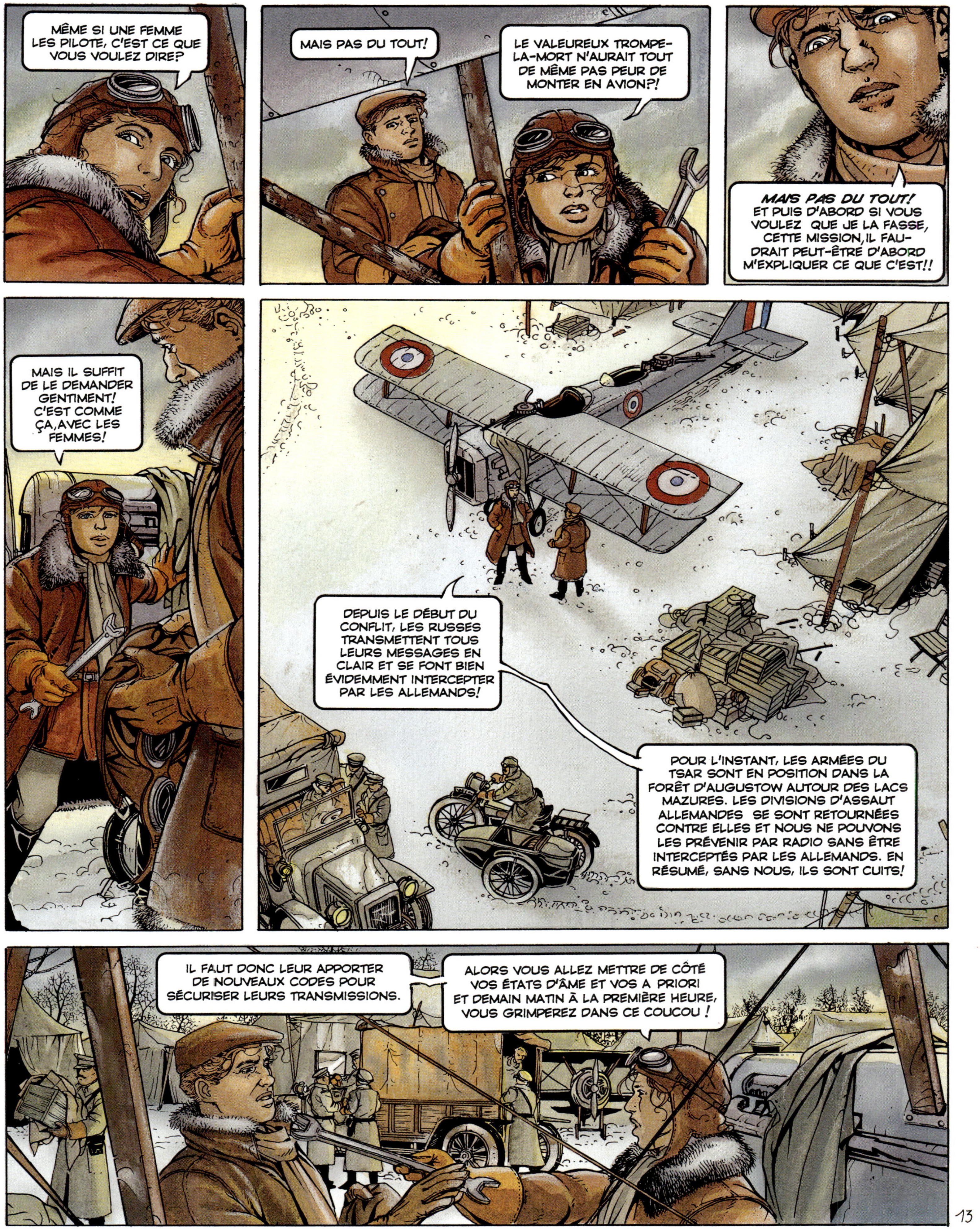
MÊME SI UNE FEMME LES PILOTE, C'EST CE QUE VOUS VOULEZ DIRE?
MAIS PAS DU TOUT!
LE VALEUREUX TROMPE-LA-MORT N'AURAIT TOUT DE MÊME PAS PEUR DE MONTER EN AVION?!
MAIS PAS DU TOUT! ET PUIS D'ABORD SI VOUS VOULEZ QUE JE LA FASSE, CETTE MISSION, IL FAUDRAIT PEUT-ÊTRE D'ABORD M'EXPLIQUER CE QUE C'EST!!
MAIS IL SUFFIT DE LE DEMANDER GENTIMENT! C'EST COMME ÇA, AVEC LES FEMMES!
DEPUIS LE DÉBUT DU CONFLIT, LES RUSSES TRANSMETTENT TOUS LEURS MESSAGES EN CLAIR ET SE FONT BIEN ÉVIDEMMENT INTERCEPTER PAR LES ALLEMANDS!
POUR L'INSTANT, LES ARMÉES DU TSAR SONT EN POSITION DANS LA FORÊT D'AUGUSTOW AUTOUR DES LACS MAZURES. LES DIVISIONS D'ASSAUT ALLEMANDES SE SONT RETOURNÉES CONTRE ELLES ET NOUS NE POUVONS LES PRÉVENIR PAR RADIO SANS ÊTRE INTERCEPTÉS PAR LES ALLEMANDS. EN RÉSUMÉ, SANS NOUS, ILS SONT CUITS!
IL FAUT DONC LEUR APPORTER DE NOUVEAUX CODES POUR SÉCURISER LEURS TRANSMISSIONS.
ALORS VOUS ALLEZ METTRE DE CÔTÉ VOS ÉTATS D'ÂME ET VOS A PRIORI ET DEMAIN MATIN À LA PREMIÈRE HEURE, VOUS GRIMPEREZ DANS CE COUCOU !
13

LE SOIR.
JE NE VOUS SENS PAS TRANQUILLE! TOUT VA BIEN SE PASSER! VOUS POUVEZ ME FAIRE CONFIANCE!
CE N'EST PAS LÀ LE PROBLÈME! VOUS CONNAISSEZ L'IMPORTANCE DE CETTE MISSION, TANT POUR L'ARMÉE RUSSE QUE POUR VOUS!
...BIEN SÛR, MAIS NE VOUS INQUIÉTEZ PAS! JE ME RENDRAI À L'ÉTAT-MAJOR DÈS MON ARRIVÉE À SAINT-PÉTERSBOURG!
JE LE SAIS BIEN! MAIS UNE FOIS QUE VOUS LES LEUR AUREZ PORTÉS, ILS POURRONT RECEVOIR LEURS ORDRES...
... ET FAIRE PART DE LEURS MOUVEMENTS SANS ÊTRE INTERCEPTÉS PAR LES ALLEMANDS!
CES CODES SONT TOUT CE QUI SÉPARE LES ARMÉES DU TSAR DE *L'ANÉANTISSEMENT!*
DE MON CÔTÉ, J'AURAI EN PERMANENCE LES INFORMATIONS DONT NOUS AVONS BESOIN POUR TRAVAILLER À NOTRE PROJET! VOUS VOYEZ, LOUISE, TOUT VA BIEN SE PASSER!
J'AIMERAIS EN ÊTRE AUSSI SÛRE QUE VOUS, STEPAN BORISSOVITCH! ET QUE VOUS NE M'EMBARQUEZ PAS DANS...

LOUISE?! MAIS ENFIN, QU'EST- CE QUE VOUS FABRIQUEZ?! JE VOUS CHERCHE PARTOUT DEPUIS PLUS D'UNE HEURE!
OH! EXCUSEZ-MOI, VOUS N'ÊTES PAS SEULE! MONSIEUR, JE N'AI PAS L'HONNEUR...
бозье мои!
PAS UN GESTE! QUE VENEZ-VOUS FAIRE ICI?!
MAIS C'EST MOI QUI VOUS POSE LA QUESTION, MONSIEUR!
ON SE CALME, LES GARÇONS! STEPAN BORISSOVITCH , JE VOUS PRÉSENTE ÉTIENNE, LE FRÈRE D'HENRI CAZENAC QUI DEVAIT EN PREMIER LIEU VOUS SERVIR DE CONTACT.
QUAND UN CAZENAC DISPARAÎT, IL Y EN A TOUJOURS UN AUTRE POUR PRENDRE SA PLACE! BIENVENUE, TOVARITCH!
BIEN, JE N'AI PLUS DE TEMPS À PERDRE! LES CODES SERONT OPÉRATIONNELS DEMAIN DANS L'APRÈS-MIDI. NE REPRENEZ LES TRANSMISSIONS QU'APRÈS AVOIR REÇU LE PREMIER CODE D'AUTORISATION. VOUS M'AVEZ BIEN COMPRIS?
ÉCOUTEZ, LÉPARSKY, NOUS SAVONS PARFAITEMENT BIEN CE QUE NOUS DEVONS FAIRE! AMENEZ CES CODES À L'ÉTAT-MAJOR ET À VOS AMIS ET TOUT LE MONDE SERA...
MES AMIS?! JE CROYAIS QUE NOTRE CAUSE ÉTAIT AUSSI LA VÔTRE! AU FAIT, JE PRÉFÈRE QUAND VOUS M'APPELEZ STEPAN BORISSOVITCH! ADIEU, TOVARITCH!
CAMARADE?! MAIS POUR QUI SE PREND-IL CET OURS MAL LÉCHÉ? ET VOUS, VOUS...
JE N'AI PAS DE COMPTES À VOUS RENDRE! SUR CE, ALLEZ DORMIR!
15

LE LENDEMAIN MATIN.
ACCROCHEZ-VOUS! ON Y VA !!!!
YYYYIIIIHAAA !!!
HA! C'EST TOUJOURS AUSSI BON!
LOUISE! C'EST NORMAL QUE ÇA SECOUE COMME ÇA?!
COMMENT?!
C'EST EXCITANT, NON?!
16

DEUX HEURES PLUS TARD, AU-DESSUS DE LA FORÊT D'AUGUSTOW.
NOUS APPROCHONS, ÉTIENNE!
JE NE VOUS ENTENDS PAS! C'EST ICI?!
NON, NON! NOUS Y SOMMES DÉJÀ!
SOYEZ ATTENTIF! DÈS QUE NOUS AURONS REPÉRÉ LES TROUPES RUSSES, IL FAUDRA TROUVER UN ENDROIT POUR SE POSER!
QU'EST-CE QUE VOUS DITES?!
BIEN SÛR QUE JE SAIS LE POSER!
VOUS N'AVEZ DONC TOUJOURS PAS CONFIANCE EN...
MON DIEU! DES CHASSEURS!
LOUISE! LÀ! DEUX AVIONS!
JE LES AI VUS!
VOUS PENSEZ QUE...
JE NE SAIS PAS... ÉTIENNE?
OUI!?
VOUS SAVEZ TOUJOURS VOUS SERVIR D'UNE MITRAILLEUSE?
17

PAS DE PROBLÈME! C'EST PARTI!
ATTENDEZ QU'ILS S'APPROCHENT! VISEZ LE MOTEUR OU LES AILERONS!
QUAND EST-CE QUE JE SAURAI QU'ILS SONT ASSEZ PRÈS?
ZZZZZ
THOK!
AH!
ACCROCHEZ-VOUS! ON PLONGE!
TAK! TAKTAKATAK! TAK! TAK!
ALLEZ-Y! ARROSEZ-LES!
JE NE LES AI PAS ENCORE DANS MON CHAMP DE TIR! ESSAYEZ DE VOUS RETOURNER!
C'EST COMME SI C'ÉTAIT FAIT!
TAKATAKATAK TAK!
VRRRRRROOAR
TAKATAKATAK!
18

JE L'AI EU!
TAKATAK! TAK TAK! TAKATAK!
ACH!
ATTENTION! L'AUTRE NOUS A PRIS À REVERS!
TAKATAKATAK!
TCHOK! TCHOK! TCHOK!
TCHOK! TCHOK TCHOK
LOUISE! NOUS SOMMES TOUCHÉS!
TAKATAKATAK! TAK!
JE VAIS T'EN FAIRE UNE AUTRE, DE CROIX, AU MILIEU!
ÉTIENNE! LE MOTEUR NOUS LÂCHE! ON VA TOMBER!
19

TAK! TAK!
TAKATAKATAK!
NON! ACCROCHE-TOI! JE L'AI EN PLEIN DANS MA LIGNE!
C'EST LUI QUI VA TOMBER! OH SEIGNEUR! JE VOUS EN PRIE! FAITES-LE TOMBER!
TAKATAKATAKATAKATAKATAK!
JE NE PEUX PLUS LE TENIR! ON DESCEND! DÉTACHE-TOI! IL FAUT SAUTER AVANT LE CRASH!
SAUTE!!
BAOOOOM!
SAUTE!!!
20

CRRRAAAAK!
CRRRRRRAAAAAASSSHHH!
21

HAAA!!...KOFF!..KOFF!...
ÉTIENNE?!.. ÉTIENNE!
OH NON! MON DIEU!
ÉTIENNE! RÉPONDEZ-MOI! JE VOUS EN SUPPLIE! NE ME LAISSE PAS! ÉTIENNE!
NE CRIEZ PAS SI FORT! VOUS TROUVEZ QUE L'ON N'A PAS ÉTÉ ASSEZ SECOUÉS COMME ÇA?!
DIEU MERCI! VOUS N'AVEZ RIEN! ALLEZ,DEBOUT! IL NE FAUT PAS RESTER ICI! NOUS DEVONS REJOINDRE LES RUSSES AU PLUS VITE!
PARCE QU'EN PLUS VOUS SAVEZ OÙ NOUS SOMMES?!
PAS VRAIMENT... MAIS IL FAUT ALLER VERS LE SUD... VERS LES LACS!
22

ET DONC, LE SUD SERAIT DE CE CÔTÉ-CI?
JE PENSE QUE OUI... LE VENT ÉTAIT À L'EST CE MATIN ET CES COLLINES SONT CENSÉES SURPLOMBER LES LACS...
DONC, NOUS DESCENDONS!...
VOUS N'AVEZ PAS LAISSÉ LES CODES DANS L'AVION, AU MOINS ?
C'EST ÇA, MOQUEZ-VOUS! ON DIRAIT QUE LA SITUATION VOUS AMUSE!
LÀ, PAR CONTRE, JE CROIS QUE NOUS N'ALLONS PLUS DU TOUT RIGOLER...
...C'EST UNE TEMPÊTE !
23

APRÈS UNE HEURE DE MARCHE DANS LA NEIGE FACE AU VENT GLACIAL MONTANT DES LACS...
ÉTIENNE! JE N'EN PEUX PLUS!... IL FAUT NOUS ARRÊTER UN PEU!
NON, LOUISE! TENEZ BON! SI NOUS NOUS ARRÊTONS, LE FROID NOUS PRENDRA!
MAIS?!..
AHHH!...
LOUISE!
LOUISE! NON! JE VOUS EN CONJURE! DEBOUT! LOUISE! N'ABANDONNEZ PAS! LOUISE! PAS MAINTENANT!
OH NON! DEBOUT, LOUISE! IL N'Y A PAS D'OBUS! PAS DE MITRAILLEUSE! RIEN QUE DU VENT! LOUISE! RIEN QUE DU VENT!
OH SEIGNEUR! DONNEZ-MOI LA FORCE! DONNEZ-MOI UN SIGNE!
24

IL DOIT Y AVOIR QUELQUE CHOSE! JE NE PEUX PAS M'ARRÊTER LÀ!
SI FROID!... DOIS AVANCER!... ENCORE... UN PAS!... SI... FROID!
NON!... JE N'EN PEUX PLUS!...
?!
25

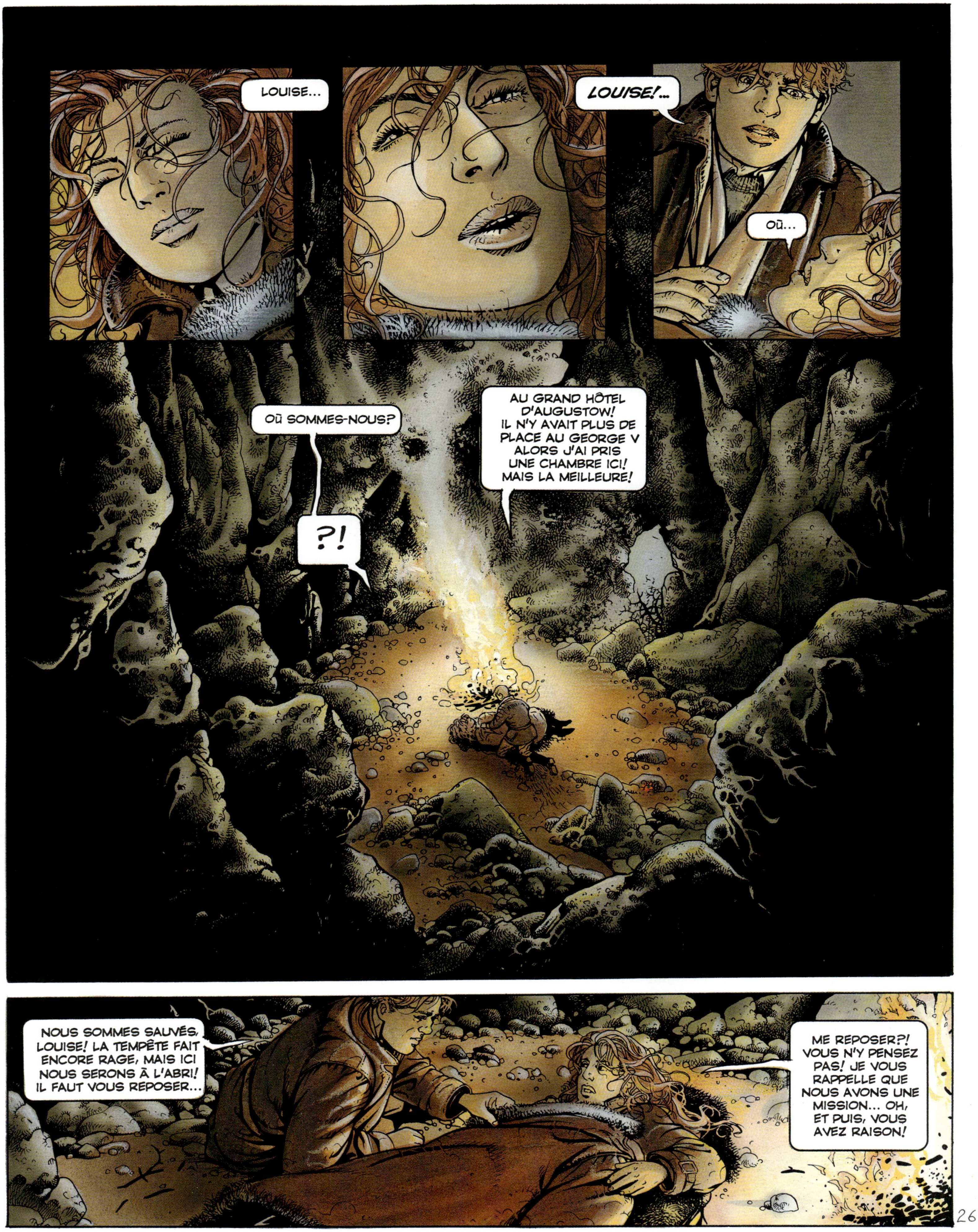
LOUISE...
LOUISE!...
OÙ...
OÙ SOMMES-NOUS?
AU GRAND HÔTEL D'AUGUSTOW! IL N'Y AVAIT PLUS DE PLACE AU GEORGE V ALORS J'AI PRIS UNE CHAMBRE ICI! MAIS LA MEILLEURE!
?!
NOUS SOMMES SAUVÉS, LOUISE! LA TEMPÊTE FAIT ENCORE RAGE, MAIS ICI NOUS SERONS À L'ABRI! IL FAUT VOUS REPOSER...
ME REPOSER?! VOUS N'Y PENSEZ PAS! JE VOUS RAPPELLE QUE NOUS AVONS UNE MISSION... OH, ET PUIS, VOUS AVEZ RAISON!
26

D'AILLEURS... PUISQUE NOUS AVONS LA MEILLEURE CHAMBRE, POURQUOI NE PAS EN PROFITER UN PEU?!...
EN PROFITER, MAIS... VOUS VOULEZ DIRE POUR NOUS REPOSER, OU...
LOUISE, JE N'AI JAMAIS SU COMMENT VOUS LE DIRE, MAIS...
EH BIEN VAS-Y, DIS-LE-MOI!... MAINTENANT!
NON! JE NE PEUX PAS! JE NE DOIS PAS! VOUS ÊTES... VOUS ÊTES TOUJOURS LA FEMME D'HENRI! ET HENRI EST...
CAR VOUS ÉTIEZ BIEN SA FEMME, N'EST-CE PAS?
VOUS SAVEZ, ÉTIENNE, NOUS SOMMES DES AGENTS ET LORSQUE NOUS SOMMES EN MISSION, EH BIEN, NOUS L'ACCOMPLISSONS JUSQU'AU BOUT...
J'AI EU BEAUCOUP D'AFFECTION POUR VOTRE FRÈRE ET IL ME MANQUE BEAUCOUP... PARDONNEZ-MOI...
BIEN... REPOSEZ-VOUS, IL FAUT REPARTIR AU PLUS TÔT APRÈS LA TEMPÊTE...
27

MAIS QU'EST-CE QUI A BIEN PU ME POUSSER À M'EMBARQUER DANS CETTE HISTOIRE? DE SÉMINARISTE IL Y A SIX MOIS ME VOILÀ CHEVALIER SERVANT TRANSI D'UNE ESPIONNE MARIÉE À MON FRÈRE QU'ELLE CROIT MORT.
COMMENT PEUX-TU DORMIR, LOUISE? MOI, JE NE PEUX PLUS... IL Y A TELLEMENT DE CHOSES QUI M'ÉCHAPPENT...
HENRI, CICÉRON, VALOIS... QUI EST QUI? QUI FAIT QUOI? ET DANS QUEL BUT? ET LA CROIX?...
J'AI BESOIN DE RÉPONSES MAIS JE NE SAIS À QUI POSER LES BONNES QUESTIONS!
?!
TOI?!
28

MAIS QU'EST-CE QUI TE PREND?! QU'EST-CE QUE JE T'AI FAIT?!!
NON!!! TU DOIS ME PROTÉGER!!!
GROOOAR!
AAAAAAAAHHHH!
ÉTIENNE?! MAIS QUE SE PASSE-T-IL?
NON! LAISSE-MOI! JE NE VEUX PLUS TE VOIR! JAMAIS! JAMAIS!!
NON! VA-T'EN! TU NE DEVAIS PLUS REVENIR!
MAIS ENFIN ÉTIENNE! IL N'Y A PERSONNE! ÉTIENNE!!
REGARDE-MOI! ÉTIENNE!... RÉVEILLE-TOI!
TU AS FAIT UN CAUCHEMAR! TU PARLAIS À QUELQU'UN QUI TE MENAÇAIT!
NON, CE N'EST PAS UN CAUCHEMAR... C'EST UN SOUVENIR DE MON ENFANCE... LORSQUE... LORSQUE J'ÉTAIS MALADE...
29

C'EST SI LOIN ... CE PASSÉ, JE L'AVAIS OUBLIÉ!...
IL FAUT M'AIDER, LOUISE! JE NE SAIS PLUS OÙ J'EN SUIS! TOUT EST SI *CONFUS!* MON PASSÉ, MA FAMILLE ... JUSQU'À MES SENTIMENTS!...
ÉTIENNE, JE...
ATTENDS! IL Y A QUELQU'UN!
COMMENT?! TU ES SÛRE?
CACHE-TOI!
DES SOLDATS!
ILS VONT VOIR NOS MANTEAUX!
СЮДА! ЗДЕСЬ ОГОНЬ*!
*Par ici! Il y a du feu!

СТРЕ́ЛЯЕТЕ СРАЗУ! В ЭТОМ ЯМЕ ЕСТЬ НЕ МЕДВЕДЬ!*
*Tirez à vue! Il y a autre chose qu'un ours dans cette caverne!
CE SONT DES RUSSES! NOUS SOMMES SAUVÉS! VIENS, IL FAUT SORTIR!
NON! ATTENDS! ILS VONT NOUS TIRER DESSUS!
НЕ СТРЕЛЯЕТЕ! МЫ ФРАНЦУЗЫ! МЫ БУДЕМ ВЫХОДИТЬ С РУКАМИ ВВЕРХ!*
*Ne tirez pas! Nous sommes des Francais! Nous allons sortir les mains en l'air!
?!
ОСТОРОЙНО НЕ СТРЕ́ЛЯЕТЕ!*
БОЛЬШЕ НЕ ПОДОЙДИТЕ! ОСТАВЛЯЙТЕ С РУКАМИ ВВЕРХ!*
*Surtout ne tirez pas!
*N'avancez plus! Gardez les mains en l'air!
SORS, LOUISE, LENTEMENT, LES MAINS BIEN EN VUE!
ВСЁ ХОРОШО!... МЫ ФРАНЦУЗЫ, НАШ САМОЛЁТ УПАЛ В ЛЕС! МЫ ДОЛЙНЫ ВСТЕЧАТЬСЯ ВАШИХ ОФИЦЕРОВ ТАК МОЙНА БЫСТРЕЕ!*
*Tout va bien!... Nous sommes Francais, notre avion s'est écrasé dans la forêt! Nous devons voir vos officiers au plus vite!
ÇA VA?
TU NE M'AVAIS PAS DIT QUE TU PARLAIS RUSSE!
IL FALLAIT ME LE DEMANDER GENTIMENT! C'EST COMME ÇA AVEC LES HOMMES!

TROIS SEMAINES PLUS TARD À SAINT-PÉTERSBOURG, CAPITALE DE LA SAINTE RUSSIE...

ALORS?
ALORS, RIEN. JE N'Y COMPRENDS RIEN DE RIEN!
NOUS AVONS BIEN TRANSMIS LES CODES À TEMPS ET POURTANT TOUT A ÉTÉ INTERCEPTÉ, LES POSITIONS, LES MOUVEMENTS, TOUT!
MAIS... C'EST IMPOSSIBLE! QUE S'EST-IL PASSÉ?
UN MASSACRE! LES ALLEMANDS ONT BIEN PIÉGÉ LES RUSSES...
...ILS ONT FAIT 100 000 PRISONNIERS, C'EST UN DÉSASTRE POUR NOUS!
MAIS TU DISAIS QUE CES CODES ÉTAIENT INFAILLIBLES ET QUE PERSONNE N'ÉTAIT AU COURANT!
EH BIEN, SOIT LES ALLEMANDS ONT UN GÉNIE DU DÉCRYPTAGE...
...SOIT IL Y A UN TRAÎTRE PARMI NOUS!
MAIS GRÂCE À LA PERTE DE L'AVION, NOUS NOUS EN SOMMES SORTIS, ET ÇA, ILS NE L'AVAIENT PAS PRÉVU!!
LORSQUE NOUS AVONS TRANSMIS LES CODES, NOUS AVONS PU REPARTIR AUSSITÔT EN VOITURE, MAIS NOUS N'AURIONS JAMAIS PU REDÉCOLLER AVEC LA TEMPÊTE ET À L'HEURE QU'IL EST NOUS SERIONS NOUS AUSSI PRISONNIERS!
EN FAIT, CE SONT LES ALLEMANDS QUI NOUS ONT PERMIS DE NOUS SAUVER EN ABATTANT NOTRE AVION!
LÉPARSKY!
33

QUOI?! STÉPAN BORISSOVITCH!
OUI! C'EST LUI! C'EST LUI QUI A TRAHI!
QU'EST-CE QUE TU RACONTES?! C'EST UN OFFICIER! JE LE CONNAIS, IL AIME SON PAYS, JAMAIS IL NE FERAIT ÇA!
JE NE L'AIME PAS!
CE N'EST PAS UNE RAISON SUFFISANTE POUR L'ACCUSER! CE N'EST PAS LUI, JE TE DIS! CELA PEUT ÊTRE N'IMPORTE QUI À L'ÉTAT-MAJOR!
CE N'EST PAS LA PEINE D'EN DISCUTER! J'AI UNE TOTALE CONFIANCE EN LUI!
MAINTENANT, JE DOIS TE LAISSER! J'AI ENCORE QUELQUES AFFAIRES À RÉGLER. ON SE RETROUVE À L'HÔTEL!
PAS DE PROBLÈME, J'AI MOI-MÊME UNE PETITE VISITE À FAIRE.
UN RETOUR AUX SOURCES?
ON PEUT APPELER ÇA COMME ÇA!
ILS SE SÉPARENT ENFIN! JE N'AI PLUS QU'À SUIVRE LE GAMIN ET JE SERAI FIXÉ POUR DE BON!
34

JE SUIS SI FATIGUÉE DE TOUT CELA! MENTIR, TOUJOURS MENTIR! ET POURTANT, JE N'AI PLUS LE DROIT À L'ERREUR!
TOUS CES SOLDATS CONDAMNÉS À MORT QUI NE SONT QUE DES PIONS MANIPULÉS! TOUT COMME MOI!
ON VEUT ME FAIRE JOUER UN RÔLE QUE JE N'AI PAS CHOISI...
... ET JE N'AIME PAS ÇA DU TOUT!
TOC! TOC!
LOUISE! СЕСТРИЧКА! QUELLE SURPRISE!
LA FERME, BORISSOVITCH! ON NE JOUE PLUS!
35

LEVEZ VOS SALES PATTES EN L'AIR ET SURTOUT, ÉPARGNEZ-MOI VOS RÉFLEXIONS MIELLEUSES!
MAIS LOUISE...
RECULEZ! OU JE VOUS JURE QUE JE VOUS ÉCLATE VOTRE BONNE GROSSE TÊTE DE RUSSE MAL DÉGROSSI!
BIEN, MAINTENANT VOUS ALLEZ M'EXPLIQUER COMMENT CES CODES SE SONT RETROUVÉS AUX MAINS DES ALLEMANDS!
LOUISE! COMMENT POUVEZ-VOUS M'ACCUSER?! VOUS N'Y PENSEZ PAS! JE SUIS UN OFFICIER RUSSE!
VOUS SAVEZ BIEN QUE TOUTE MON ACTION EST DANS L'INTÉRÊT DE MON PEUPLE!
C'EST BIEN LÀ LE PROBLÈME! JE NE PENSE PAS QUE NOUS AYONS LA MÊME DÉFINITION DU MOT *INTÉRÊT!* ON NE PEUT FAIRE MASSACRER LES ENFANTS D'UN PEUPLE DANS SON INTÉRÊT!
MAIS LOUISE, VOUS SAVEZ BIEN QUE NOTRE CAUSE EST JUSTE ET QU'ELLE LIBÉRERA LE PEUPLE RUSSE DU JOUG IMPÉRIAL QUI L'ÉCRASE DEPUIS DES SIÈCLES!
LA RÉVOLUTION EST EN MARCHE, LOUISE! ET VOUS NE POURREZ L'EMPÊCHER DE S'ACCOMPLIR!
36

DONC, C'EST VOUS! C'EST VOUS QUI LEUR AVEZ DONNÉ LES CODES!
NON! C'EST MOI!
VOUS?! OH MON DIEU! MAIS COMMENT?!
BIEN SÛR, MOI! TANT DE NAÏVETÉ DE LA PART DE MA MEILLEURE ESPIONNE! C'EST STUPÉFIANT!
CETTE FOIS-CI, VALOIS, VOUS ÊTES ALLÉ TROP LOIN ET JE VAIS...
TU VAS LA BOUCLER, SALE PETITE PESTE!
CRAAC!
EH BIEN, VOUS N'Y ALLEZ PAS DE MAIN MORTE! VOUS ME DIREZ QUE C'EST PARFOIS LA MEILLEURE MÉTHODE AVEC LES FEMMES!
VOUS, LES FRANÇAIS, DISCUTEZ TROP! NOUS LES RUSSES, NOUS AGISSONS! BON ET MAINTENANT?...
MAINTENANT, IL N'Y A PLUS QU'À CONTACTER NOS AMIS ALLEMANDS, ET METTRE LA MAIN SUR CETTE SATANÉE CROIX!
37

ИНТ
ЧОБ
AINSI DONC C'EST POUR CELA QUE PÈRE NE PARLAIT JAMAIS DE VOUS!
TOUTES CES HEURES PASSÉES DANS LE SALON À RÊVER DEVANT VOTRE PORTRAIT...
СБОУРГ
VOUS ÉTIEZ MORTE EN ME METTANT AU MONDE...
MARGUERITE CAZENAC
JANVIER 1859 SEPTEMBRE 1892
38

MAIS, JE SUIS NÉ LE 7 MARS 94, UN AN ET DEMI APRÈS VOTRE MORT.
JE NE SUIS DONC PAS VOTRE FILS! PEUT-ÊTRE MÊME PAS UN CAZENAC! ET C'EST POUR CELA QU'IL NE VOULAIT PAS QUE JE REVIENNE...
ICI?...
?!
POUR... CELA?
15 MAI 1874
7 MARS 1894
MON DIEU!
C'EST MA MÈRE! ELLE ÉTAIT LÀ, JUSTE À CÔTÉ! AVEC LA CROIX! TOUJOURS CETTE CROIX!!
ALORS, TU L'AVAIS SUR TOI DEPUIS LE DÉBUT, CETTE FOUTUE CROIX?!
QUAND JE PENSE QUE J'AURAIS PU TE RÉGLER TON COMPTE EN MÊME TEMPS QUE MOUILLEAU!

FALCO! ALORS C'ÉTAIT VOUS! UN TRAÎTRE DOUBLÉ D'UN ASSASSIN!
TU M'AS FAIT CAVALER MON SALAUD! MAIS CETTE FOIS, TU N'IRAS PLUS LOIN! DONNE-LA MOI!
LA CROIX? C'EST POUR ELLE QUE VOUS ME COUREZ APRÈS?
EH OUI, MON GARS! DÉPÊCHE- TOI, JE SUIS PRESSÉ!
MAIS QU'EST-CE QU'ELLE A DONC CETTE CROIX?
J'EN SAIS FOUTRE RIEN!
ET CE N'EST PAS MON PROBLÈME! MAIS IL FAUT CROIRE QU'ELLE EN VAUT LA PEINE! VU L'ÉTAT DANS LEQUEL SE MET LE COLONEL QUAND IL EN PARLE!
LE COLONEL? TU VEUX DIRE VALOIS?
EH OUI! ON JOUE À QUI TROMPE QUI! ET DEVINE QUI VA PERDRE, TROMPE-LA-MORT, OU TROMPE-COUILLON?
TU ES NAVRANT, FALCO! TANT DE HAINE ET DE BÊTISE CONCENTRÉES EN UN SEUL HOMME!
40

TROP TARD POUR FAIRE LE MALIN, PETIT CAZENAC!
NON, MAIS TU L'ENTENDS CET ABRUTI! IL N'A PAS ENCORE COMPRIS!
À QUI PARLES-TU? JE T'AI SUIVI, TU ÉTAIS SEUL!
ET TOI, ES-TU BIEN SÛR DE NE PAS AVOIR ÉTÉ SUIVI?
QUOI?!
TU AURAIS DÛ!
?!!
NOOOON!!!!
PRENDS ÇA!!
BLAM! BLAM!
QUI ES-TU?! MONTRE-TOI! SORS DE LÀ OU JE FLINGUE LE PETIT! TU M'ENTENDS?! SORS DE LÀ!
LIEUTENANT FALCO, VOUS ÊTES UN PITRE!
LÂCHEZ CETTE ARME!
CETTE FOIS, C'EST FINI, FALCO! ET C'EST TOI QUI SORS DU JEU!
RETOURNEZ-VOUS!
CAPITAINE CAZENAC! MAIS... VOUS ÊTES MORT!
ÇA VOUS AURAIT FAIT PLAISIR! MAIS IL FAUT CROIRE QUE LA HAINE EST PLUS TENACE! TERMINONS NOTRE AFFAIRE!
41

HENRI...
JE SAIS ÉTIENNE, IL Y A BEAUCOUP À EXPLIQUER, MAIS TU SEMBLES EN AVOIR DÉJÀ COMPRIS PAS MAL!
PÈRE M'AVAIT PRÉVENU QUE TU VIENDRAIS...
MAIS ÇA, TU T'EN DOUTAIS, N'EST-CE PAS? TU AS SENTI DEPUIS TON ARRIVÉE QUE J'ÉTAIS DERRIÈRE TOI!
J'AURAIS PRÉFÉRÉ QUE NOS RETROUVAILLES SE PASSENT À DEUX, MAIS JE SAVAIS QUE J'AURAIS D'ABORD À NOUS DÉBARRASSER DE CE DÉSAGRÉABLE INDIVIDU!
LE CAPITAINE MOUILLEAU ÉTAIT UN AMI. J'AURAIS PU VOUS TUER COMME UN CHIEN, MAIS JE N'AIME PAS VOS MÉTHODES EXPÉDITIVES, ELLES MANQUENT D'ÉLÉGANCE ET J'AVAIS MIEUX À VOUS PROPOSER!
ENCORE UNE DE VOS IDÉES DE ROMANTIQUE À LA CON!
VOUS ÊTES UN CICÉRON D'OPÉRETTE! C'EST CE QUI VOUS A TOUJOURS PERDU, ET CETTE FOIS-CI, CE SERA DÉFINITIF!

42

OH, OH!
COMME VOUS Y ALLEZ!
GARDEZ DONC UN PEU DE SOUFFLE!
RATÉ!
VOUS NE M'AVEZ JAMAIS AMUSÉ, CAPITAINE! ET JE VAIS VOUS FAIRE PASSER LE GOÛT DE LA COMÉDIE!
MAIS BIEN SÛR!... J'ATTENDS VOTRE LEÇON!
VOUS ÊTES UN BON CHIEN! VALOIS VOUS A BIEN DRESSÉ!
MIEUX QUE VOUS, EN TOUT CAS! CAR MOI, JE N'AURAIS PAS HÉSITÉ À VOUS COLLER UNE BALLE DANS LA TÊTE!
43

JE VOUS HAIS, CAZENAC!
EN ÇA, VOUS RESSEMBLEZ BIEN À VOTRE MAÎTRE! IL A FALLU LA MORT DE MOUILLEAU POUR QUE JE LE COMPRENNE!
ET C'EST POUR CELA QUE VOUS L'AVEZ ABATTU!
CRAAC!
HENRI! ÉCARTE-TOI!
LAISSE, ÉTIENNE! IL EST À MOI!
PAUVRE FOU!
OUCHHH!!!!
ET À LA FIN DE L'ENVOI...
...JE TE MOUCHE!
CRAAC!
44

N'Y SONGE MÊME PAS!...
ET RÉVISE PLUTÔT TON MISSEL!
ATTENDS! JE VEUX D'ABORD SAVOIR QUELQUE CHOSE!
VALOIS NOUS A ENVOYÉS ICI POUR TRANSMETTRE DES CODES SECRETS AUX RUSSES; NOUS AVONS ÉTÉ TRAHIS! PAR QUI? POURQUOI? JE SUIS SÛR QUE LOUISE NE M'A PAS TOUT DIT!
PARLE! ET VITE!
À L'HEURE QU'IL EST... LOUISE EST NOTRE PRISONNIÈRE! ET VOUS AVEZ BESOIN DE MOI POUR LA RETROUVER!
VOUS AVEZ ÉTÉ PIÉGÉS! IL FALLAIT VOUS AMENER ICI ET VOUS ISOLER; MAINTENANT, AUX YEUX DES RUSSES ET DES FRANÇAIS, VOUS ÊTES LES TRAÎTRES RESPONSABLES DU DÉSASTRE D'AUGUSTOW! VOUS N'AVEZ PLUS PERSONNE VERS QUI VOUS TOURNER!
PERSONNE D'AUTRE *QUE MOI!*
IL A RAISON CE FUMIER!
NON! NOUS N'AVONS PAS BESOIN DE LUI!
TU L'AS DIT, CE N'EST QU'UN CHIEN!
NOOON!...
45

BON SANG! TU N'AVAIS PAS À FAIRE ÇA POUR PROUVER QUE TU ES UN CAZENAC! TU EN ES BIEN UN!
MAIS JE SUIS AUSSI À MOITIÉ RUSSE, C'EST CELA? NOUS LES SLAVES AVONS LE GOÛT DU *SANG!*
POURQUOI NE M'AVEZ-VOUS JAMAIS RIEN DIT SUR *L'ANGE* ENTERRÉ À COTÉ DE... DE TA MÈRE?
CE N'EST PAS À MOI DE T'EN PARLER, MAIS JE T'EN PRIE, NE JUGE PAS AVANT DE SAVOIR! ON NE SAIT RIEN DE LA VÉRITABLE HISTOIRE DES HOMMES!...
...LE PLUS URGENT, C'EST DE RETROUVER LOUISE, ET JE SAIS COMMENT LA CHERCHER!
SANS COMPTER QUE NOUS AVONS DEUX AVANTAGES SUR VALOIS... LA CROIX, ET TOI, *CICÉRON!*
AU FAIT, J'AI REVU L'OURS!
TON OURS?!
Stalner-Boisserie.